NINA EN COLÈRE

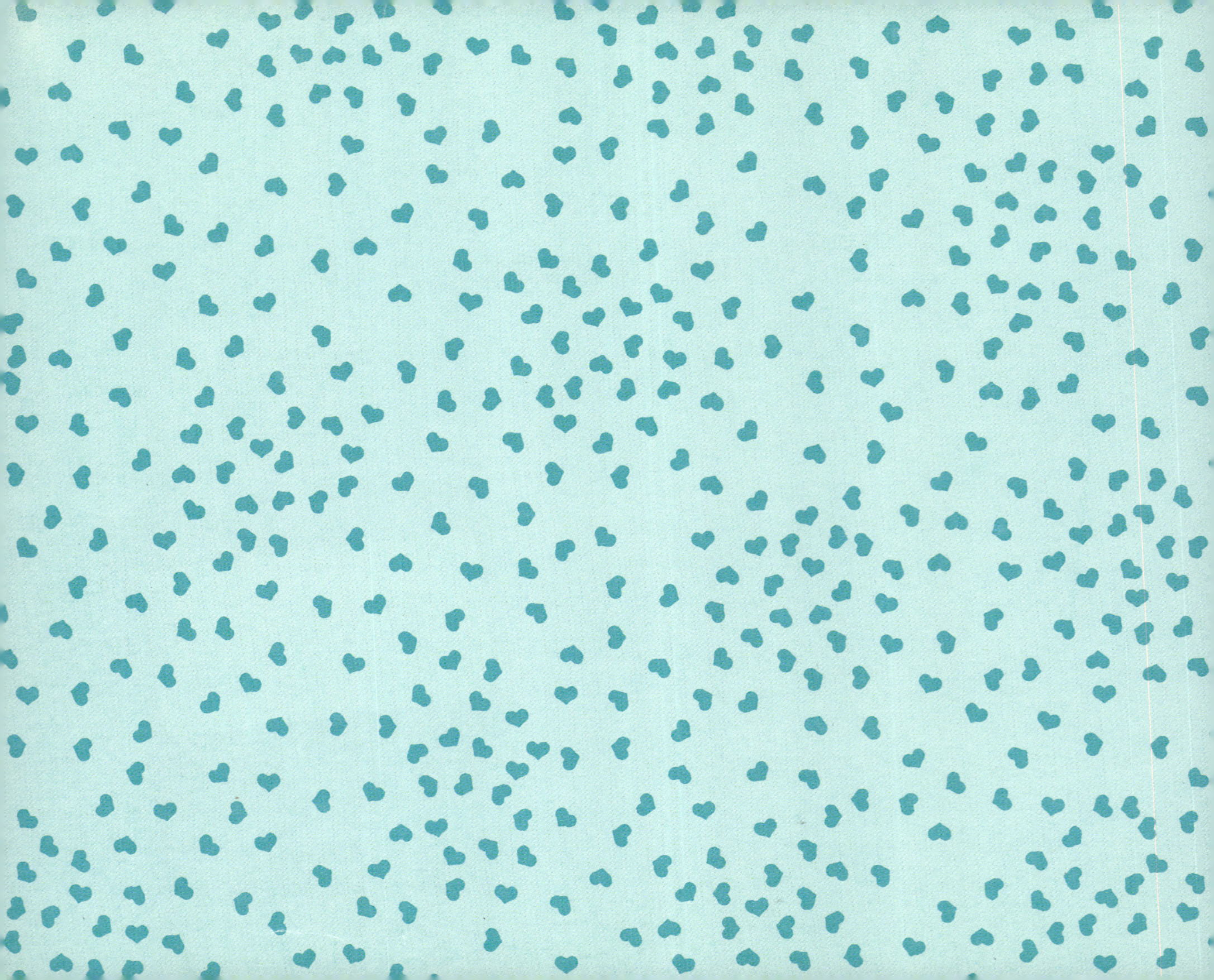

Pour mademoiselle Eva Beltramo
- M. B.

Pour la dream team : Isabel, Marianne, Stéphanie, Laurie et Camille,
pour toutes les filles obstinées, pour toutes les filles passionnées
- C. N.-V.

ISBN 978-2-211-30024-7
Première édition dans la collection « les lutins » : mai 2019

Loi numéro 49 956 du 16 juillet 1949 sur les publications
destinées à la jeunesse : février 2017
Dépôt légal : septembre 2020
Imprimé en France par Clerc SAS à Saint-Amand-Montrond

NINA EN COLÈRE

Christine Naumann-Villemin
Illustrations de Marianne Barcilon

kaléidoscope
les lutins de l'école des loisirs
11, rue de Sèvres, Paris 6e

Aujourd'hui, c'est l'anniversaire de maman.
Nina a décidé de lui faire le plus gros plaisir de sa vie :
« Je vais lui préparer un super petit déjeuner. »

Nina veut attraper un plateau. Mais il est vraiment très haut.
Elle se hisse et tout dégringole par terre.

Sans s'agacer, Nina remet tout en place.

Nina essaie d'ouvrir le jus d'orange.

«Roooo, ils ont collé le bouchon ou quoi?»
Nina sort ses muscles: «Waaaatcha!»
Mais rien! Impossible.

Un peu contrariée, Nina tente autre chose :
« Bon, pas de jus de fruits, je vais faire des tartines de folie ! »
Mais tous les couteaux ronds sont dans le lave-vaisselle.
« Tant pis, je coupe le pain avec mes dents
et j'étale le beurre avec les doigts ! »

Nina doit cependant reconnaître que le résultat n'est pas extra.

Nina se sent agacée.
« C'est pas grave, une vilaine tartine avec un super joli dessin, ce sera bien. »
Nina voudrait faire un portrait de sa maman.

Sa maman est belle
mais Nina trouve que
son dessin est moche.

Soudain, Nina est très en colère.
Elle a envie de tout envoyer valdinguer, de tout casser,
de tout déchiqueter, de tout écrabouiller, de balancer la bouteille,
de fracasser les bols.
Et surtout de détruire son dessin! Alors elle le fait!
Elle le fait VRAIMENT! Chlaaaac!
Elle le déchire en petits morceaux et jette tout par terre.

AAAAA !!!

Elle ouvre la porte qui donne sur le jardin avec un grand coup de pied :

BAAAAM !

Elle balance tout dans l'herbe : PAF ! PAF ! PAF !

« Voilà! Voilà! Voilà! »

Elle se précipite dehors. Elle écrase les tartines :

« Bien fait ! »

Elle envoie le jus d'orange valdinguer :

« Mourez, les oranges ! »

Nina est malheureuse, épuisée. Elle s'assoit au pied d'un arbre et pleure.
Longtemps.

« Ah, tu es là, toi ? Ce n'est pas le moment !
Retourne dans ta forêt ! »

Mais le loup veut jouer.
Il regarde Nina
avec ses yeux tout doux...

... et Nina ne peut pas
s'empêcher de sourire.

« Tu sais, tu viens de me donner une idée! »

Maman est enchantée.
« Ma chérie ! Un bouquet ! Quelle merveilleuse idée. »
Nina est très fière.
« Il suffisait de réfléchir sans s'énerver. »

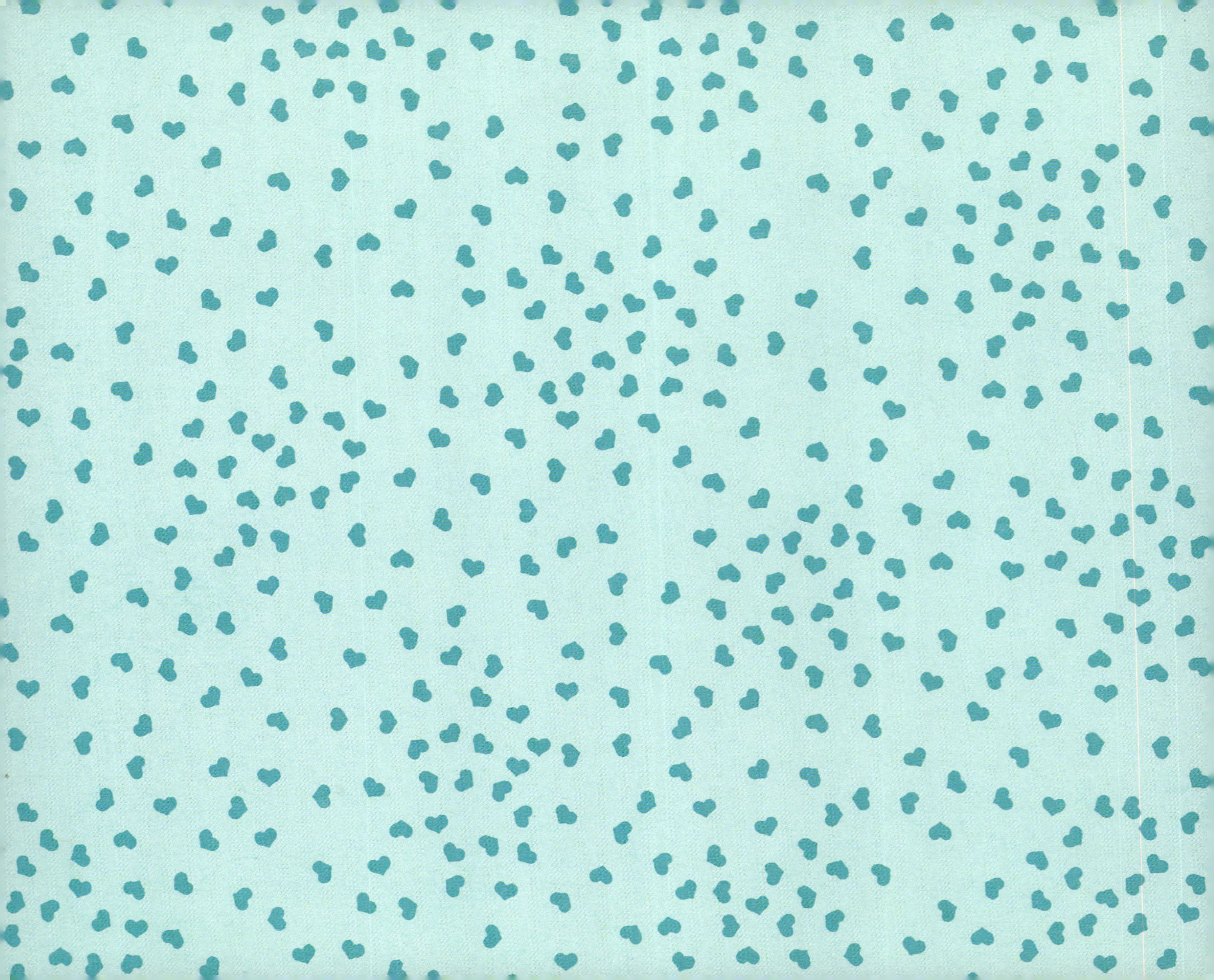

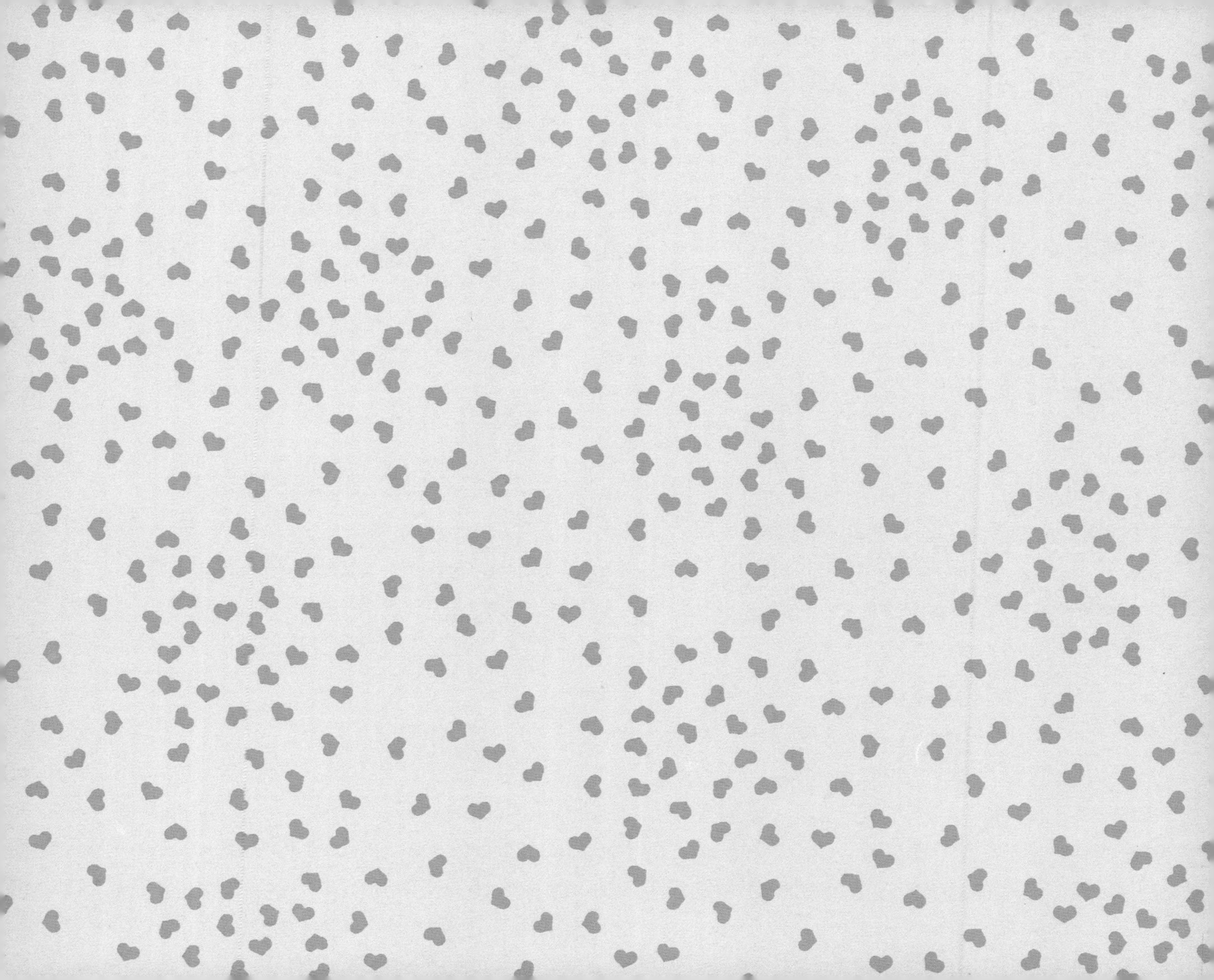